最後のシロクマ

蓼内明子・作　しろさめ・絵

最後のシロクマ

もくじ

1　ぜつめつすんぜんのシロクマ

四年生になって二か月がたった。

「ふたばちゃん、オセロやろうよ」

学童クラブの部屋で本を読んでいたら、同じ四年生の、そうたくんにさそわれた。

「やだ。もう、あきたもん」

わたしがオセロに熱中《ねっちゅう》していたのは、三年生の一学期。毎日のようにやっていて、夏休みが始まったころにはすっかりあきてしまっていた。

「おねがい、一回だけ」

やだと言っているのに、オセロの箱を持ったまま、そうたくんは動かない。

「ねばるね」

「だって、ふたばちゃんとは、まだ一回もオセロをやってないもん」

「そうだっけ？」

「うん」

三年生の三学期から、学童クラブに通いだしたそうたくん。今まで同じクラスになったことはないけど、おとなしい子なんだと思っていた。

「しょーがないなぁ。一回だけだよ」

どれ、ちょっと負かしてやるか。そんな気持ちで、しぶしぶオッケーした。

「じゃあ、わたしは白ね。黒のそうたくんから、どーぞ」

よゆうの表情《ひょうじょう》でゲームを開始した。

ところが……。

初《はじ》めのうちは、勝っていた。ほとんどが、白だった。

あ、あれ？

でもその白が、パタンパタンとひっくり返されて、次から次に黒に変《か》わっていく。

気がついたら、白は一こだけ。あとはぜーんぶ、まっ黒になっていた。

「あ。勝っちゃった」

そうたくんは、うれしさをかみころしたような声で言った。

六十三対一って、うそでしょ。わたし、三年生のころは、ほとんど負けたことなんてなかったのに。

「わっ。そうたくん、つよーい」

二年生のたかやくんが、よってきてほめた。

となりのテーブルでマンガ本を読んでいた三年生のだいちゃんも、首をのばしてきた。

「すげっ、そうたくん。あと一こで完全勝利《かんぜんしょうり》だったじゃん」

ふたりは、わたしなんか目に入らないみたいにして、そうたくんをほめた。

はずかしさとくやしさで、目の前のオセロをグチャグチャにしてやりたい気持ちになった。その気持ちをグッと飲みこみ、わたしは一こだけ残《のこ》った白いオセロの石を指さして、思いっきり悲しそうな声で言った。

「かわいそう。これ、ぜつめつすんぜんのシロクマみたい」

「は？」

たかやくんとだいちゃんが、そろってポカンと口を開けた。

「あれ、知らない？　北極《ほっきょく》のシロクマってね、どんどん数がへってきてて、もうじきぜつめつしちゃうんだよ」

ちょうど一週間前、テレビのドキュメンタリー番組でやっていた。

「ぜつめつって、一頭もいなくなっちゃうってこと？」

たかやくんが、首をかしげた。

「そうだよ、ひどいよね。かわいそうだよねー」

ちょっと大げさに言ったわたしのことばにつられるように、たかやくんは「うん、かわいそう」ってうなずいた。

「なんで、ぜつめつすんの？」

だいちゃんに聞かれた。

「えっと、つまりそれは……」

「地球の温暖化《おんだんか》、だよね」

こたえたのは、そうたくんだった。

「そう、それそれ。そのせいで、北極《ほっきょく》の氷がどんどんとけてきちゃってるんだって」

わたしがあわててつけくわえると、だいちゃんが、また聞いた。

「氷がとけてきちゃうと、なんでシロクマの数がへるの？」

「えっとぉ……だってシロクマの居場所《いばしょ》がなくなるじゃん」

「うん、そこまではわかる」

だいちゃんは、まだなっとくしていないって顔だ。

するとまた、そうたくんが言った。

「氷が少なくなってくると、シロクマたちは陸《りく》に上がらないといけなくて、でも海からえものをとって生きているから、どんどん食べるものが少なくなって、弱ってきちゃうんだ」

「えものってなに？　シロクマって、なに食べんの？」

「アザラシだよ」

「ふーん。そうたくんって、シロクマにくわしいな」

だいちゃんが、またそうたくんをほめた。

けっきょく、だいちゃんの質問《しつもん》にこたえたのは、全部そうたくんだった。

これじゃあ、居場所《いばしょ》がなくなったのはシロクマじゃなくて、わたしのほうだ。

「そうたくん。オセロ、一回つきあったから、もういいよね」

わたしは口をとがらせ、プイと部屋を出てトイレに行った。


トイレの中で考えた。

ぜんぜん、いいとこなかったな。オセロはボロ負けだったし、シロクマのことを口にしたのも失敗《しっぱい》だった。

モヤモヤした気持ちのまま、トイレを出たら、すぐそこにそうたくんが立っていてギョッとした。

「ねえ、ふたばちゃん。あのシロクマのドキュメンタリー番組、もしかしてふたばちゃんも見てた？」

そうか。そうたくんも見てて、だからあんなにくわしかったんだ。

「うん」

「そうか、やっぱり。シロクマ、かわいそうだったよね」

「え？　ああ……うん」

するとそうたくんは、一歩わたしに近づいて言った。

「ふたばちゃん。明日《あした》の土曜日、時間ある？」

「え、どういうこと？」

「実はぼく、ちょっと助けてほしいことがあるんだ。だめかな？」

しんけんな声だった。

せっかくのお休みだもの、わたしにだっていろいろやりたいことはある。

でもこまった。わたしは「助けて」ってことばに弱い。

妹のみずはのわがままには、いつもこまっている。でもなにかのひょうし
に、「おねえちゃん、助けて」なんて言われると、グラッと心がゆれる。たった

六歳《さい》のこの子を助けられるのは、わたしだけなんだって気持ちになっちゃう。

「ええと……午前中はピアノ教室だけど、午後だったら」

そうこたえると、そうたくんは、ホッとしたような笑顔《えがお》になって言った。

「ありがとう。もみじ山図書館って、行ったことある？」

「あるよ」

「じゃあ、もみじ山図書館の前庭《まえにわ》に、木のベンチがあるから、そこで三時に待ってる。いいかな？」

「う、うん。わかった」

わたしはうっかり、そううなずいてしまっていた。

2　不思議《ふしぎ》なカード

土曜日。わたしは二時四十分ごろに家を出た。もみじ山図書館は中央図書館の分室《ぶんしつ》で、急な坂を上った小高いところにある、赤レンガづくりの建物《たてもの》だ。

ハアハア言いながら坂を上りきると、ベンチから立ちあがったそうたくんが、手をふっていた。

「ふたばちゃん！　ありがとう、来てくれて」

そうたくんは、ぺこっと頭を下げた。

できることなら、さっさとすませて帰りたい。わたしはベンチにすわるなり、ちょっとせかすような気持ちをこめて聞いた。

「助けてほしいことって、なにかな?」

「えっとね……」

だけどそうたくんは、ことばを選《えら》ぶようにして、ゆっくり話しはじめた。

「シロクマのドキュメンタリー番組を見てからね、ぼく、頭の中からシロクマのことがはなれなくなっちゃったんだ。だから次の日の土曜日、ここの図書館に来て、いろんなシロクマの本を読んだんだ」

「へえ……」

まじめだねって言おうとして、やめた。

「いろんな本があったよ。シロクマがどんな生きものなのかを説明《せつめい》している本とか、赤ちゃんを育てるようすが書かれた本とか。ぜつめつが心配されているって本も、なんさつかあったな。むちゅうで読んじゃった。そしたらぼく、頭の中がどんどんシロクマだらけになって、ボーッとしてきちゃったんだ」

そうたくんは、少し身をのりだした。

「そのときね、まどぎわに小さな古い本だながあるのに気がついたんだ。中に入ってたのは、たった一さつだけ。表紙に『おれはクラウン』って書いているだけの、まっ白い本だった」

「へえ、絵はなかったの？」

「うん。でね、中を開いたら一ページ目にこう書いてあったんだ。『おれはクラウン。シロクマ最後《さいご》の一頭だ』。そしてあとのページは、全部まっ白だったんだ」

「へんなの」

「へんなのは、それだけじゃなかったんだ。そのとき急に、まどの外がフッと明るくなった感じがして……。顔を上げたら、まどの外から見える林の中に一本の白い木があって、そこのまわりにだけ、雪がふっていたんだ」

「雪？　まさかぁ、今は六月だよ」

「でも本当に見えたんだ。だからすぐ図書館のうらの林まで行って、白い木をさがした。そしたら本当に、白い木の根もとにだけ、ひんやりした雪がつもってて……。そこにね、これが落ちていたんだ」

言いながら、そうたくんがリュックの中からとりだしたのは、ハガキくらいの大きさの白いカードだった。

『クラウンの部屋への行きかた』
①白い木の根もとの雪をはらう。
②木の根もとにある、平べったい白い石の上に立つ。

「このクラウンって、へんな白い本に書いてあったクラウンのこと？」

「うん、ぼくもすぐにそう思った。だからたしかめたくって、また図書館にもどってみたんだ」

「そしたら？」

「まどぎわにあった古い本だなごと、消えちゃってた」

わたしはゴクリとつばをのみこんだ。

「まじ？」

「うん。でも不思議《ふしぎ》なことは、まだあるんだ」

そうたくんは、カードの『①白い木の根もとの雪をはらう』という部分を指さした。

「最初《さいしょ》にこのカードを見つけたときはね、ここには①までしか書いていなかったんだ」

「どういうこと？」

「ぼく、もう一度また白い木のところにもどって、カードの①に書いてあるとおり、木の根もとの雪を手ではらってみたんだ。そしたら次のしゅんかん、ここに②の文字がうかびあがったんだ」

「う、うかびあがったぁ？」

思わずベンチから立ちあがった。いっきにしんぞうのドキドキが早くなっていく。カードの角度を変《か》えたりしながら、うかびあがったという②の文字に、目をこらす。でも、なにかしかけがあるようには見えない。

「じゃあつまり……書かれていることを実行すると次の指令《しれい》がうかびあがる、ってこと？」

「たぶん」

体がカーッと熱《あつ》くなった。こうふんして、鼻血が出そうだ。

「まちがいない。そうたくんはこのクラウンっていう名前のシロクマに、よばれているんだよ。わたしに助けてほしいって、これなんでしょ。もちろんオッケーだよ。今すぐ、うらの林に行って②をやってみよう！」

「う、うん……」

こたえた顔が、いっしゅん暗くなった。

「あれ、どした。こわいの？」

「助けてっておねがいしておいて、こう言うのもなんだけど……。シロクマって、世界最強《さいきょう》の肉食動物だよ。ちょっときけんじゃないかな？」

なにを今さらって思った。

わたしの頭の中で、『不思議《ふしぎ》』と『きけん』をくらべたら、今はだんぜん『不思議《ふしぎ》』の勝ちだ。

「だいじょうぶ、だいじょうぶ。とにかくまず、うらの林に行ってみようよ！」

わたしは、そうたくんのうでをグイッと引っぱって歩きだした。

もみじ山図書館のうらには、林が広がっていた。重なりあうようにえだを広げている下を歩くと、地面に落ちている小えだがパキッパキッと音をたてた。

「ほら、この木だよ」

先を歩いていたそうたくんが立ちどまって、みきが白っぽい木に手をあてた。たしかに木の根もとの地面には、直径《ちょっけい》三十〜四十センチくらいの平べったくて白い石が、うめられていた。

そうたくんが持っているカードを、またかくにんした。

『クラウンの部屋への行きかた』
①白い木の根もとの雪をはらう。
②木の根もとにある、平べったい白い石の上に立つ。

つまり、この石の上に立ったら、次の指令《しれい》がうかびあがるってことだ。

「よし、立ってみよう」

わたしがなるべくはじっこに立つと、そうたくんも、うでがくっつくくらいそばによって立った。そのままふたりで、カードを見つめた。

「出たっ」

②のとなりに、③の文字が、じょじょにうかびあがった。

③木のみきに右手をくっつけたまま、ぐるぐると四回、木のまわりを回る。ひゅーん。

「うわー、ゾクゾクするぅ。次は木のまわりを四回、回ったらいいんだね」

「ねえふたばちゃん。このひゅーんってなんだろう?」

最後《さいご》に書いてある『ひゅーん』が、なぞだった。
「んー、なんだろね。でもとにかくやってみなきゃ。ほら、わたしが前にな
るからさ」
わたしは、まよわず右手を木のみきにくっつけた。そうたくんも後ろに
立って、右手を木にあてた。
「じゃあ、行くよ。いーち、にーい、さーん」
大きな声で数えながら、右手をはなさないようにして、木のまわりを歩い
た。そして「しー」と言いながら、また白い石の上に足を着いたしゅんかん、
「ぎゃっ!」
体が落ちた。まるで落としあなにすいこまれるように、ひゅーんとすごい
スピードで下に落ちていった。

「ぎゃあー！」

こわくて、思わず目をつぶった。

数秒後、スッと落ちるのが止まった。

そして目を開けてみたら……。

「なにこれーっ！」

海だった。まっ青な海に、青い空。強い日ざしは、まるで南国の海だ。

その海に、わたしとそうたくんがのった白い石が、プカプカうかんでいた。

石なのに、まるでうきわみたいに。

「ぼく、泳げないっ」

そうたくんが後ろから、ギュッとわたしにしがみついてきた。

「しっかりして！ ほら、もっとちゃんと石に足をのせないと、落ちちゃうよ」

自分も、足がふるえるのを必死《ひっし》におさえながら言った。

「ふたばちゃん、波だ！」

そうたくんがさけんだ。遠くから白くて長いかたまりが近づいて、じょじょに大きくなっていく。急がなくちゃ。

「そうたくん、④は？　もう、うかびあがってるでしょ？」

「あ、そうだ！　えっと……」

④まちがえずに、かけ算の7の段《だん》を言う。ひゅーん。

「こんなときに、かけ算ってどういうこと？　それに7の段《だん》って、わたしきらい」

「でも急がないと」

「わかってる。じゃあ、いくよ。せーの、しちいちが、しち。しちに、じゅうし」

わたしの声もそうたくんの声も、ふるえていた。

まちがえるな、まちがえるな。

波はどんどん近づいてくる。

「しちさん、にじゅういち。しちし、にじゅうはち。しちご、さんじゅうご。しちろく、しじゅうに。しちしち、しじゅうく。しちは、ごじゅうろく。しちく、ろくじゅうさん」

言いおわったとたん……

ひゅーん
「ぎゃ、ぎゃあー！」

また、体がひゅーんと落ちていった。

今度は、どこ？　おそるおそる、目を開ける……。

「うそ、でしょ」

立っていたのは、切りたったがけの上だった。やっとわかった。ひゅーんって、ワープするってことだ。

白い石がのっかっているのは、そのがけのはじっこ。しかも、ビュービュー強い風がふいている。

「こわーい、助けてーっ」

「ふたばちゃん、下を見ちゃだめだ！」

一歩まちがえたら、ふたりそろってまっさかさまだ。

「そ、そうたくん、早くカードを読んで！」

ブルブル足をふるわせながら、わたしはそうたくんにおねがいした。

「えっと、⑤は……」

⑤まちがえずに、かけ算の8の段《だん》を言う。ひゅーん。

「えーっ！　わたし、8の段《だん》もきらい」

「でもほら、言わないと。せーの、はちいちが、はち。はちに、じゅうろく。はちさん、にじゅうし。はちし、さんじゅうに。はちご、しじゅう。はちろく、しじゅうはち。はちしち、ごじゅうろく。はっぱ、ろくじゅうし。はっく、しちじゅうに」

カラカラにかわいた口を動かし、やっと言いおわったとたん……

ひゅーん

「ぎゃ、ぎゃあー！」

わたしたちの体は、またひゅーんと、どこかに落ちていった。


「あ、あれぇ……」

次はいったいどこ？　と思ったら、立っていたのは、さっきまでいた図書館のうらだった。右手も、白い木にくっつけたままだ。

「もどって、きちゃったの？」

「ほんとだ」

ふたりいっしょに、へなへなとその場にすわりこんだ。

「ああ、こわかったぁ」

「わたしも」

まるで、体育の持久走《じきゅうそう》のあとみたいにつかれきっていた。でもたぶん、さっきから数分しかたっていない。

「あ！　ふたばちゃん、見てっ」

そうたくんが、わたしのかたをたたいて、林の中を指さした。

すぐ近くに、白いドームみたいなものがあった。

「え、かまくら？　あんなの、さっきはなかったよね」

「あ、そうだ！」

そうたくんが、あわてて手に持っていたカードを見た。

⑥ドアを三回、ノックする。「どうぞ」と声がしたら入る。

「じゃあ、あそこがクラウンの部屋ってこと？」

「うん、たぶん」

わたしたちは、立ちあがって近づいた。

「冷《つめ》たい」

さわってみたら、本物の雪だった。

かまくらには、木のとびらがついていた。

「いい？　ノックするよ」

ふりむいて言うと、そうたくんはコクッとうなずいた。

コンコンコン
すぐに中から、声がした。

「どうぞ」

太くて低《ひく》い声だった。

ギギーッとドアを開けて中をのぞくと、そこにいたのは、二本の足で立っている大きなシロクマだった。

3　そうぞうするシロクマ

「冷気《れいき》がにげる。早くしめてくれ」

シロクマに言われて、あわてて部屋に入ってドアをしめた。中は、れいぞうこみたいにキーンと冷《ひ》えていた。

「ほう。ふたりで来たか」

ならんで立っているわたしたちを見て、シロクマはつぶやいた。

二本足で立って、しかも人間のことばを話すシロクマを見たのは初《はじ》めてだ。

（本物？　それとも、着ぐるみ？）

立っているせたけは、うちのパパよりもずっと高い。そして頭は小さめで、胴体《どうたい》がすごく長くて、前足のツメがギラリとするどかった。

「ここまで案内《あんない》したカードは、持っているか?」

そうたくんがすぐにカードをさしだすと、シロクマは鼻を近づけ、クンクンとにおいをかいだ。

「まちがいない、おれのにおいだ」

テラリとぬれた鼻先を見て、わかった。

(着ぐるみなんかじゃない、本物だ)

次にシロクマは、白くてフワフワしたものをふたつ持ってきて、わたしたちの前に置《お》いた。

「ここは毛がないと寒いからな」

ずっしりと重い、毛皮だった。はおったとたん、すぐにせなかがポカポカになった。

「イスはそこだ」

そばのイスを指さされ、わたしたちがそれにすわると、シロクマも大きなイスを持ってきてこしかけた。

「おれはクラウンだ。おまえたちの名前は？」

「かわらざきそうたです」

「たまやまふたばです」

言ったとたん、口からまっ白いいきがハーッととびだした。

「……長いな」

クラウンは、低《ひく》い声でつぶやいた。

「寒い場所では、よび名は短いほうがいい。かわらざきそうたは『かわ』、たまやまふたばは『たま』とよばせてもらう」

順番《じゅんばん》にわたしたちを指さしたクラウンは、あたりまえのように言った。

「えー！　『たま』だなんてねこみたい」

すぐに反対した。

「短くするなら、『そうた』と『ふたば』ってよんでよ」

「『かわ』と『たま』より長いじゃないか」

「たった一文字だけでしょ」

クラウンは、わたしをジロリとにらみつけてから、「ふん。まあ、しょうがない」とうなずいた。

そうたくんは、えんりょがちに、キョロキョロまわりを見まわしていた。

「そうたは、なにか聞きたいことがありそうだな」

「えっと……。まず、ここはどこなの？」

「地図にはのっていない、特別《とくべつ》な場所だ。たとえて言うなら、地球のポケットみたいなところだな」

「ポケット……。じゃあ、ぼくはどうしてここによばれたの？」

「ひとりでたいくつだったからだ。あの白い本にも書いてあっただろう。『おれはクラウン。シロクマ最後《さいご》の一頭だ』と」

するとそうたくんは、大きく首をかしげた。

「本物のシロクマの前で、こんなことを言っていいかわからないんだけど……」

「なんだ、言ってみろ」

「シロクマの数がへってきているのは本当だけど、ぜつめつが予想されているのって、まだ七十年以上《いじょう》も先だよ。なのに『最後《さいご》の一頭』って、どういうこと？」

「図書館で、おれたちの本を読みあさっていただけあって、くわしいな」

クラウンは、イスのせもたれから体をおこして、グッと顔を近づけた。

「もちろん、まだぜつめつなんかしてはいない。おれはここで、『最後《さいご》の一頭』になった気持ちを、そうぞうしているシロクマだ」

「そうぞう？」

「そうだ。なんの心がまえもないままぜつめつするなんて、おそろしすぎるからな」

そう言ってブフォッと鼻からいきをはくと、クラウンはしばらくだまったままになった。

「じゃあまず、しりとりにつきあってもらうか。言っていいのは、色が白いものだけだ。おれからいくぞ、シロクマ。そうた、『ま』がつくものを言え」

急に、しりとりが始まった。

「え、ま？　ま、ま……マスク」

次は、わたしだ。

「『く』がつく白いもの？　えっと、えっとぉ……雲！　空にうかんでるやつだよ」

すぐに、クラウンが続《つづ》けた。

「もち。焼《や》くとふくれるやつだ」

「はやっ！　えっと『ち』ね。ち、ち……ちくわ」

「『わ』？　んー、わたあめ」

「めんぼう。耳をそうじするやつだ」

「はやっ！　う？　うー、うー、そうだ、うさぎ！」

「『ぎ』？　ぎー、ぎー」

だめだ、出てこない。

三分くらい考えても思いつかなくて、わたしは「もう、無理《むり》」って、こうさんした。

「どうだ？　頭の中が白いものでいっぱいになっただろう。ちなみに『ぎ』がつく白いものと言ったら、ぎゅうにゅうだな」

「あー、そうだった！」

なんで思いつかなかったかって、くやしくなった。

「でもクラウン、『もち』とか『めんぼう』なんて、よく知ってたね。しかも、スラスラ出てきてすごいよ」

「いつも、やっているからな」

「え、ひとりで？」

「そうだ」

思わず、「それってさびしすぎるでしょ」って言いそうになった。

「そう言えばさっき、ひとつだけ知らないことばが出てきたな。そうた、『ちくわ』というのはなにものだ？」

「あなの開いた、かまぼこのことだよ。魚で作ってるんだ」

「魚？」

クラウンは、ゴクリとつばを飲みこんでから言った。

「ふん。しりとりはやっぱり、相手がいたほうがおもしろいな」

「ハ……ハックション！」

そうたくんが体を曲げて、大きなクシャミをした。毛皮を着ていても、長くいると少しずつ体が冷《ひ》えてきた。

クラウンは急に立ちあがり、雪のかべにくっついて置《お》いてある、キッチンの流し台みたいなほうへ歩いていった。そして白いやかんに水を入れ、レンジにのせてスイッチをおした。

ボッ
赤いほのおが出たしゅんかん、大きな白いせなかがビクッと動いた。

「火は、にがてだ」

もんくを言うようにつぶやきながら、流し台の下からとりだしたのは、一この黄色いレモンと、三この白いカップ、そして小さなビンとスプーンだった。

するどいツメでレモンを半分にわると、それを両手にはさんでギュッとおしつぶす。ジュジューと出てきたレモンのしるを、三こならべたカップの中に落としていくと、次に小さなビンの中の茶色のえきたいを、同じようにカップに入れていった。

シュンシュン　シュンシュン
やかんが音をたてはじめた。クラウンは火を止めると注意深くやかんを持ち、三このカップにコポコポとお湯をそそいでいった。

「ホットレモネードだ」

カップからは、とぎれることなく白い湯気が上がっていた。

「ありがとう」

うけとった手のひらが、カップの熱《ねっ》でふわぁっととけていく。

フーフーいきをふきかけて、おそるおそるひとくちすすった。

「わ。おいしい」

声を上げると、そうたくんも、にっこりしながらうなずいた。

「うん、あったまる」

フーフー　ズズッ
フーフー　ズズッ
冬になると、わたしはいつもカゼをひく。そんなときママは、よくホットレモネードを作ってくれた。でも飲むたびに、そのすっぱさにブルッとふるえて、半分飲むのがやっとだった。

だけどこのホットレモネードはちがった。ふるえないし、とってもやさしい味がする。あんなにジュジューと、たくさんレモンをしぼっていたのに。

「あれ？」

気がつくとクラウンは、さっきからイスにすわったまま、じっと動かない。目の前のカップから上がる湯気を、ただ見ているだけだ。

「飲まないの？」

わたしが聞くと、クラウンは湯気から目をはなさないまま、ぶっきらぼうにこたえた。

「さめてから、飲む」

ホットレモネードを飲みおわると、そうたくんが小さな声で、わたしに言った。

「今、何時ごろだろう？　もう一時間くらいは、たっているよね」

言われて、わたしも不安《ふあん》になった。

ママには、「ちょっと、もみじ山図書館に行ってくる」とだけしかつたえていない。もみじ山図書館に着いたのは三時だったから、もう四時はすぎているはず。休みの日の夕食はいつもより早めだから、五時までには帰らないとブーブー言われちゃう。

「よし。今日《きょう》は、このくらいにしておくか」

イスから立ちあがって、クラウンは言った。

「また来ても、いいの？」

そうたくんが聞くと、クラウンは「もちろんだ」とうなずいた。

「おまえたちがあの白い木のところに行けば、いつもそこに白い石がある。石の上にのったら、また今日《きょう》と同じことをすればいい」

帰る方法《ほうほう》は、ひどくかんたんだった。

「ドアを開けて外に出る。出たら、後ろをふりむかずにドアをしめる。それだけだ」

「じゃあ、またね」

「さよなら、またね」

外に出たら、空気がホワンとあったかくてホッとした。

パタン

ドアがしまる音がして、ふりかえるとクラウンの部屋は、もうどこかに消えていた。

帰り道、ふたりで話した。

「なんか、不思議《ふしぎ》な時間だったね」

「うん。でも、すっごくおもしろかった」

「ふたばちゃん、クラウンに対して、ふつうにもんく言ってたもんね」

「えー、そうだったっけ」

「そうだよ、ちょっとハラハラしちゃった。でもやっぱり、いっしょに行ってもらってよかった。ねえ、ふたばちゃん。今日《きょう》のことは、だれにも言わないでおいたほうがいいと思うんだけど」

「もちろんだよ。あんなに楽しくてこうふんすること、ふたりだけのひみつに決まってるじゃん」

わたしは大きくうなずいた。次にまた行くのが、今から楽しみでしかたがない。

わかれぎわに、そうたくんがポツリと言った。

「『最後《さいご》の一頭』になった気持ちをそうぞうするって、どういうことなんだろう……」

「うーん、そうだね」

よく考えもせずに、わたしはこたえた。

またあのホットレモネードが飲めるといいなぁ。

わたしが考えていたのは、そんなフワフワしたことだけだった。

4　白いものがふえていく

一週間後の土曜日、わたしたちはまた同じ時間にクラウンの部屋に行った。

トントントントン

「どうぞ」

ドアを開けると、真正面にクラウンが立っていてびっくりした。

「来たか」

まるで一週間の間、ずっとドアのところに立っていたんじゃないかって思うほど、すぐ目の前だった。

「着ろ」

また毛皮をわたされて、わたしはそれにそでを通しながら言った。

「ねえ、クラウン。ここまで来る方法《ほうほう》、もっとなんとかならない？」

「どういうことだ」

「あの『ひゅーん』のことだよ。今日《きょう》もすっごくこわかった。ワープした先が、なんで海の上だったり、グラッグラのがけの上なの？　死ぬかと思った」

イスにこしをおろしたクラウンは、せもたれに体重をあずけながらこたえた。

「心配するな。あの白い石にのっかっているかぎり、死ぬことはない」

「心配するよ。だってあの石、ふたりで立つには小さすぎるんだもん。落っこちそうでハラハラした」

「小さすぎる、だと？」

急に体をおこし、クラウンはクワッと大きく口を開けた。上下四本の長いキバが、むきだしになっている。

「あの白い石は、北極《ほっきょく》の氷の量《りょう》を表しているんだ。氷は毎年、どんどん少なくなっている。でも、おれたちには止められない」

ハーハーとあらくいきをはいてから、クラウンはがっくりかたを落としてうなだれた。

言うんじゃなかった。失敗《しっぱい》だった。

そしたら、そうたくんが、わざと明るい声で言った。

「あ、あのさ。ワープのとき、7の段《だん》と8の段《だん》を言わせるでしょ。かけ算まで知ってるなんて、クラウン、すごいよね」

とたんにスッと、頭が上がった。

「かけ算だけじゃなく、わり算も知っているぞ。算数はいい。こたえがはっきりしているからな」

「あ、同じ。ぼくもそう思う」

そうたくんがパンと手をたたいて、うれしそうな顔をした。つられるようにクラウンも、やわらかい顔にもどった。

よかった。

ホッとしたわたしは、思いっきりうらやましそうに言った。

「わたし、算数にがて。かけ算ってちょっと、めんどうくさい」

かけ算の九九は、習いはじめた二年生のときは必死《ひっし》になっておぼえたけど、
正直、今はあやしい。おぼえるのがむずかしかった7の段《だん》と8の段《だん》は、わす

れるのも早かった。実は今日《きょう》も先週も、ところどころ自信《じしん》のないところがあった。だからそこは口をパクパクさせただけで、そうたくんに言わせた。

「ワープのとき、かけ算をまちがったらどうなっちゃうの？」

「もちろん、ここにはたどりつけない」

「え、なんかこわい」

「こわがることはない。かけ算を、まちがえなければいいだけだ」

「でもさぁ、うっかりまちがうことだってあるんだよ」

「そうなのか？　人間はまちがってばかりだな」

クラウンは、さらりとかたい声で言った。

さっき、ここに来てからずっと、不思議《ふしぎ》に思っていたことがあった。

「そうたくん。この部屋の中、この前来たときより、広くなってない？」

「だよね。ぼくもそう思ってた。てんじょうだってほら、前より高い気がする」

白い部屋の中を、ふたりでキョロキョロしていたら、クラウンが白いものをのせたソリを引っぱってきた。

「今日《きょう》は、これをやるぞ」

ソリにのっていたのは、山のようにつまれた雪玉だった。

「すごくきれいなまんまる。これ、どうしたの？」

「作った」

「クラウンが？　全部ひとりで？」

「そうだ、四百こある。これから二チームにわかれてゲームをするから、一チーム二百こずつだ」

「わーい、雪合戦《ゆきがっせん》だっ」

よろこぶと、クラウンは首をふった。

「ちがう、やるのは玉入れだ」

ちゃんと、足つきのカゴふたつもじゅんびされていた。

「えー。わたし、雪合戦《ゆきがっせん》のほうがいい」

「だめだ。白いものをぶつけあうより、カゴの中に白いものがふえていく。

おれにはそっちのほうが、好《この》ましい」

クラウンは、きっぱりした声で言った。

「いいか、まちがうなよ。おれの白組は右のカゴで、そうたとふたばの白組
は左のカゴだぞ」

「どっちも白組なんだね」

そうたくんがクスッと笑《わら》った。

雪玉を両うでにかかえて、じゅんびしているクラウンの目が、しんけんだった。

「よーい、始めっ」

やるからには、負けたくない。わたしは雪玉をつかむとすぐ、カゴを目がけてエイッとほうりあげようとした。

「ヒャッ！」

ところが、この雪玉の冷《つめ》たいことと言ったら。氷のようにヒヤッとしていて、ぜんぜんうまくつかめない。

「つめたっ」

そうたくんも、手こずっている。

だけど、クラウンはすごかった。

「ホッ、ヤッ、ホッ、ヤッ」

リズムのいいかけ声をかけながら、前足のツメでポンポンはじくようにして、雪玉をほうりあげていく。まるで大道芸人《だいどうげいにん》がやる、ジャグリングのボールみたいだ。カゴに命中した雪玉は、コツンコツンとつみ木みたいにつみかさなっていった。

「よし、終わりだっ」

クラウンの声でゲームしゅうりょう。

「さあ、数えるぞ」

結果《けっか》はわかりきっているのに、クラウンは最後《さいご》までしんけんそのものだ。

「いーち、にー」

運動会の玉入れきょうそうと同じく、一こずつカゴの中の雪玉をほうっていく。

「さーん、しー、ごー」

わたしたちは、たった五こ。

「ろーく、しーち、はーち、くー、じゅー……」

クラウンのカゴの中の雪玉は、いつまでもなくならない。えんえんと数えつづけて、けっきょく入っていたのは、百八十八こだった。

「すごいよ、クラウン！」

「はあー、ぜんぜんかなわないや」

わたしたちがはくしゅしてみせると、クラウンはポリポリとおなかをかきながら、低《ひく》い声で言った。

「なるほど。玉入れも、相手がいたほうがおもしろいな」


次の土曜日も行った。

今度は、おり紙だった。

「ツルはおれるか？」

たばになった白いおり紙を出してきたクラウンに、聞かれた。

「前に一度、おったことあるけどわすれちゃった」

「ぼくは、おったことないや」

「そうか。じゃあ、おってみせるから見ていろ」

クラウンはつくえにむかってせなかをまるめ、両方の前足の黒いツメで、紙をおっていった。角《かど》の重ねかたも、おり線のつけかたもていねいで、わたしたちはそれをまねておっていった。

流れるように前足を動かしながら、今日《きょう》のクラウンは、いつもよりもたくさんしゃべった。

「おり紙ってやつはすごいよな。一まいの紙から、いろんな形を作りだすんだから。これを考えたのが日本人だとわかったとき、おれはすぐに地球儀《ちきゅうぎ》を回して、日本という国をさがしたんだ。

見つかったのは、氷山のかけらみたいな島だった。この小さな島には、いったいどんな人間が住んでいるんだろうな。おれが日本にきょうみを持ったのは、まあ、そういうわけだ」

クラウンの中には、いろんなことばがつまっている。それは、ひとりでこの部屋の中にいて、雪のようにどんどんふりつもっていったことばだと思った。

「うーん。ツルって、けっこうむずかしいな」

そうたくんは、苦戦《くせん》していたけど、わたしはクラウンのおりかたを見て、すぐに思いだした。

「できた」

おったツルを手のひらにのせると、クラウンはグーッと顔を近づけてきて言った。

「よくできてる、ごうかくだ」

その日、わたしたちはみんなで、百羽の白いツルをおりあげた。

白いものがふえていくのを見ているクラウンは、なんだかとてもうれしそうだった。

5　仲間《なかま》だから

もうじき夏休み。今年はつゆあけが早くて、すでに毎日、三十度ごえの暑さが続《つづ》いている。こういうのもやっぱり、地球温暖化《おんだんか》のせいなのかなって思わずにはいられない。

ここに来るのは、今日《きょう》で五回目だ。

「はあ、すずしくってホッとするぅ」

ドアを開けて中に入るなり、わたしは両手を広げて思いっきり冷《つめ》たい空気をすいこんだ。

「ねえクラウン、この中は何度くらいなの？」

そうたくんが聞いた。

「ここは、北極《ほっきょく》と同じ気温になっている。今は夏だから、だいたい〇度くらいだな」

「ってことはぼくたち、いっきに気温が三十度下がった場所に来ちゃってるってことか。あ、ハ……ハ、ハクション！」

「そうだ。体には、あまりよくはない」

そう言ってクラウンは、すぐにホットレモネードを作ってくれた。

フーフー　ズズッ
ゆっくり味わうように飲んでいたら、となりでそうたくんが、グスッグスッと何度も鼻をすすっていた。

「これ、使う？」

ポシェットからティッシュペーパーを出すと、そうたくんはシュッと一まい引きぬいて言った。

「ありがとう」

見ていたクラウンが、今気がついた、というような声で言った。

「そうか……。おれもあのとき、ロッキーに『ありがとう』って言えばよかったのか」

「ロッキーって、だれ？」

「同じ氷河《ひょうが》の上で育ったシロクマだ」

「あ、ともだちね」

「ともだち？　おれたちには、そんなものはそんざいしない。もう何年も、顔も合わせていないしな」

かたくて冷《つめ》たい声だった。

「でも、『ありがとう』って、おれいを言うようなこと、してもらったんでしょ。あのときって？　なにをしてもらったの？」

トンッて、となりからひじでつっつかれた。

（やめといたほうが、いいんじゃない？）

そうたくんの顔は、そう言っていた。

でもわたし、知りたいことは止められない。

それに……なんとなくクラウンは、話したがっているように見えた。

「ロッキーと、なにがあったの？」

「……どちらかというと、はずかしい話だ」

クラウンは、スンと鼻を鳴らした。

「もう数年も前の夏の日のことだ。氷がとけるスピードが年ねん早くなっていくせいで、おれは一か月以上《いじょう》、アザラシをつかまえられずにいた。その日も、ふらつく足どりで海まで行ったがだめだった。しかたなく、やせた体でねころがり、ただボーッと海を見ていた。

そのとき、プンと血のにおいがした。ふりむくと、アザラシをくわえた一頭のシロクマが立っていた。それがロッキーだとわかるには、少し時間がかかったな。なにしろあいつも、おれと同じようにやせていたから。

なのにあいつは、食べかけのアザラシをポトンとそこに落として、いなくなった。おれは目をうたがった。自分のえものを手放すなんて、ありえないことだ」

話すクラウンの目は、赤くギラギラしたものに変《か》わっていた。

「もちろんおれは、すぐにかけよってアザラシを食べた。うまかった。いぶくろにしみわたるくらい、うまかった。骨《ほね》だけになっても、ずっとしゃぶりつづけた。

だが……むねだか、はらのおくだかわからないところで、なにかがうなり声のようなものを上げていた。なぜだ？　なぜロッキーはあんなことをした？」

くるしそうな声だった。大きな白い体が、小さくブルブルふるえていた。

一ミリでも動いちゃいけない気がした。冷《つめ》たい空気が、どんどんむねの中に入りこんでいく。

そしたらふいに、そうたくんが言ったんだ。

「仲間《なかま》だからじゃ、ないかな」

手に持った白いカップの中にささやくような、やさしい声だった。

「ロッキーにとってクラウンは、同じ氷河《ひょうが》で育った仲間《なかま》だから……」

わたしは右うでをふりあげ、思いっきりそうたくんのせなかをたたいた。

「いたっ」

「いいこと言うね、そうたくん。うん、わたしもそう思う」

「もう、ふたばちゃんったらぁ。ホットレモネード、こぼれちゃったよ」

「あ、ごめんごめん」

大声で笑《わら》いながらあやまって、チラッとクラウンのほうに目をやった。

ゆっくりとカップに前足をのばし、さめたホットレモネードをいっきにゴ

クゴクゴク飲みほし、大きくハアといきをはきだした。

「ひさしぶりに、帰りたくなったな」

今、クラウンの頭の中には、生まれ育った氷河《ひょうが》が広がっているんだってことが、ちゃんとわかった。


その日、もみじ山図書館の坂道を下りながら、そうたくんに言った。

「そうたくんって、すごいと思う」

「え、なにが?」

「ロッキーとクラウンは仲間《なかま》だ、って言ったことだよ。わたし、感動した」

「そんなことないよ」

「いや、そんなことある。すぐにあんなこと言える人、わたしそんけいしちゃう」

「や、やめてよ。はずかしいなぁ」

それきりはずかしそうに口をつぐんでしまった。

ともだちのことをほめるのって、むずかしい。でも心のそこから、そう感じた。だからそうたくんは、もっとむねをはったっていいのにって思った。

その夜、ゆめを見た。クラウンがそうたくんに、王さまがかぶるみたいなピカピカのかんむりをのせているゆめだ。かんむりをかぶったそうたくんは、クラウンみたいにムンと大きくむねをふくらませた。


そんなことがあった次の週の、水曜日のことだ。

二時間目が終わった休み時間、四年三組の教室の前を通ったとき、後ろのドアからそうたくんのすがたが見えた。

ちょうどそのとき、だれかがさけんだ。

「ねえねえ！　先生が今日《きょう》の昼休み、新しいボードゲームかしてくれるってさ。人数は六人、やりたい人、手上げてーっ」

すばやいしぐさで、一番に手を上げたのがそうたくんだった。右うでが右耳にピシッとくっつくくらい、高く上げていた。

（うん。ボードゲームとかって、そうたくん好《す》きそうだもんな）

やる気まんまんなのがつたわってきて、おかしかった。

「はーい、おれやりたいっ」「わたしも！」「やるやる！」「ぼくもー」

続《つづ》けてパパパパッと、何人かの手が上がった。

「いち、にー、さん、しー、ごー、ろく、しち。あーだめだ、ひとり多い」

最初《さいしょ》に声を上げた男子が、クシャッと顔をゆがめてこまったように言った。

少しの間、シーンとなった。

（ジャンケン、するよね？）

わたしが思ったそのとき、

「やっぱり、ぼくやめとく」

そうたくんが、スッと手を下ろした。

「よっしゃー。六人決まりー！」

「ラッキー」

手を上げてた子たちは、ガッツポーズでよろこんだ。教室の中は、すぐにまたさわがしくなった。バタバタ走りまわる子たちにまぎれて、そうたくんの後ろすがたは見えなくなった。

（……なんでよ）

むねの中がモヤッとなった。

その日の放課後《ほうかご》。

学童クラブの部屋で、わたしの目はずっと、そうたくんをかんさつしていた。

学習の時間、すぐにしゅくだいのプリントを広げ、一番に終わらせたそうたくん。そのあとは日本の歴史《れきし》【鎌倉時代《かまくらじだい》】のまんが本を読んで、おやつになるとカリカリとクッキーをかじり、体育館遊びのドッジボールでは、あせをかきながら必死《ひっし》にコートの中をにげまわっていた。

そして今、そうたくんは、たかやくんとだいちゃんの三人で、トランプをやっている。

なにをしていても楽しそうだった。のびのびして見えた。じゃあ、今日《きょう》の休み時間に見たそうたくんは、なんだったんだろう？　本当はボードゲームをやりたかったくせに、上げた手を、自分から下ろしたそうたくん。

「たかやくーん、おむかえですよー」

学童の先生の声が聞こえた。たかやくんが帰っていくと、ふたりだけになったそうたくんとだいちゃんは、トランプをやめた。

「だいちゃん、オセロやらない？」

そうたくんが、だいちゃんをさそう声が聞こえた。

（よし）

あわてて立ちあがったわたしは、オセロが置《お》いてあるたなにむかった。近づいてくるそうたくんのすがたを、横目で見ながら。

そしてそうたくんがオセロの箱に手をのばしかけたしゅんかん、横からグイッと引っぱった。

「あ」

おどろいた目がわたしを見た。

「わたしのほうが、早かった」

「それはそう、だけど……」

(あきらめる、かな?)

そうたくんも、箱を引っぱってきた。けっこうな力だった。

「ふたばちゃん、わざとでしょ。じゃましてるでしょ」

「じゃま?」

「本当にやりたいの？　オセロはもうあきたって、言ってたよね」

「あきたけど、急にやりたくなったんだよ。そうたくんこそ、本当にやりたいの？」

「やりたいよ、あたりまえだろ！」

まっすぐなこたえだった。

「……言えるじゃん」

「え？」

キョトンとした顔だ。

「ボードゲーム、どうしてすぐにあきらめちゃったの？　一番に手を上げてたじゃない。やりたかったんでしょ？」

そのことか、という顔になった。

「見てたんだ、ふたばちゃん」

「うん」

「やりたかったけど、やっぱりいいやって思いなおしたんだ」

「なんでにげちゃうのさ」

そう。わたしにはあのとき、にげたように見えた。

「ぼく、にげたりしてない。それに、ふたばちゃんには関係《かんけい》ないでしょ。おせっかいだな」

「お、おせっかいですってぇ」

「っていうか、ちょっとズケズケ言いすぎるところがある」

そう言ったそうたくんの鼻の横に、ちっちゃな茶色いホクロがあるのに、たった今、気がついた。

「もういいっ！」

わたしはクルッと後ろをむいて、そうたくんからはなれた。

おせっかいで、ズケズケ言いすぎるですって？

にくらしくって、おとなしいそうたくんの口から出たことばとは、思えなかった。そんなことを言わせたのは、鼻の横にある、ちっちゃな茶色のホクロなんじゃないかって思った。

6　夏休み中も、ずっと仲間《なかま》

言いあいをした水曜日から三日間、わたしたちは口をきかなかった。

そして今日《きょう》の土曜日から、夏休みが始まった。きのうの金曜日、「明日《あした》はどうする？」ってそうたくんに聞きたかったけど、聞けなかった。

先週、クラウンに「また来週ね」って言って帰ってきた。だからきっと、今日《きょう》も待っているはず。やくそくをやぶるのは、いやだった。こっそり、もみじ山図書館まで行って、そうたくんが来てるかどうかだけでもたしかめよう。そんな気持ちで、家を出た。

「はあ、あっつー！」

いつもは休みなしで上りきる坂道を、今日《きょう》はとちゅうで何度か、木のかげにひなんしてあせをふいた。お日さまと、地面のてりかえしがものすごい。

失敗《しっぱい》だ。水とうに麦茶を入れて持ってくるんだった。

坂道を上りきると、ベンチにすわって、水とうをかたむけているそうたくんが見えて、サッと大きな木のかげにかくれた。

やっぱり、ちゃんと水とうを持ってきている。そういうそうたくんに、今日《きょう》はかえってイラッとした。

出ていこうか。でもなんて言って出ていったらいいんだろう？　ああ、こんなことなら、そうたくんより先に来てるんだった……。

そのとき、首すじになにかがモゾッとあたった。

「ギャ！」

かくれていた木にはっていた、クモのすだった。まん中に、黒と黄色のきみ悪いもようのクモがいた。

「やだやだ、クモー！」

さけびながらピョンピョンとびはねて、木からはなれた。

「あ。ふたばちゃん……」

すぐに、そうたくんに見つかった。

「えっと、だいじょうぶ？」

えんりょがちに言いながら、よってきた。

「あ、うん……」

どうしても目を見られないから、とりあえずうらの林にむかって歩きだした。

「じゃ、いこっ」

ひどく暑いし、のどだってカラカラだ。そういうのも、気まずいのも、クラウンの部屋に行ったらなんとかなるような気がした。

そうたくんも、なにも言わないままでついてきた。パキッパキッと小えだをふみしめる足音だけが、後ろから聞こえた。

いつものように白い石の上に立つと、そうたくんもすぐ後ろにならんで立った。

もう六回目だから、なれたものだ。おたがい口もきかないのに、ふたり同時に木のみきに右手をつけ、そのままぐるぐると四回、木のまわりを回った。

ひゅーん

数秒後、いつもの海の上にいた。

わたしは、ちょっとぶっきらぼうに言った。

「いくよ。せーの、しちいちが、しち。しちに、じゅうし。しちさん、にじゅういち。しちし、にじゅうはち。しちご、さんじゅうご。しちろく、しじゅうに。しちしち、しじゅうく」

ここまでは、いい。でもこの次がどうしてもスッと出てこない。だからいつもごまかしていた。わたしが言わなくても、そうたくんが言ってくれるから。

ところが……。

そうたくんも、言わなかった。

「え？」

でも、おねがいなんてしたくなかった。わたしは、あわてて続《つづ》けた。

「えっと、えっと、しちは、ご、ごじゅうに？　しちく……ろくじゅうく？」

「だめ！　ふたばちゃん、まちがってるっ」

ひゅーん
ワープは、した。

あれ？　でも落ちかたがいつもよりおそい。

目を開けたら、わたしたちはまだ海の上にいた。でも、さっきとはちがう
海だ。お日さまは雲にかくれているし、海の色も空の色もはい色で、ヒヤッ
と寒かった。

「ねえ、ここ、どこ？」

わたしは、あわてて後ろをふりむいた。

「あっ、動かないでふたばちゃん！」

次のしゅんかん、グラッと大きく足もとの石がかたむいて、足がはずれた。

「きゃーっ！」

「わっ！」

ふたりそろって、海へ落ちた。びっくりするくらい冷《つめ》たい水に頭までつかったわたしは、必死《ひっし》に手足をばたつかせ、海面に顔を出した。

「そうたくん、どこっ？」

そうたくんは泳げない。まわりを見まわしたけど、いない。心ぞうのドキンドキンが、どんどん大きくなっていく。

わたしのせいだ。わたしがかけ算をまちがったから……。

「おねがい、返事してっ。そうたくーん、そうたくーん！」

さけんでいる体が、またどんどんしずんでいく。冷《つめ》たさで、手も足もしびれたようになって動かない。

深くて暗い海の中には、魚一ぴきもいなかった。

このままわたし、死んじゃうのかな。

そう思ったときだ。

少し先に、大きな白いものが見えた。ゆうゆうと泳ぎながら、近づいてくる。

「クラウン！」

ゴボゴボと口からあわを出してさけんだとたん、わたしの体はいっきに水の上におしあげられた。

「ゴホッ、ゴホッ、そうたくんが、そうたくんがっ……」

「心配するな。ほら、そうたもぶじだ」

わたしをだきかかえたクラウンの、もうかたほうのうでに、泣《な》きそうな顔でしがみついているそうたくんがいた。

「よかったぁ……」

「ふ、ふたばちゃん」

体じゅうから、力がぬけた。

「急いでもどるぞ。ふたりとも目をつぶって、しっかりくっついていろ」

ギュッと目をとじた。しがみついたクラウンのむねが、大きくふくれあがるのがわかった。そのままフワッとうきあがったあと、いつものように、ひゅーんとどこかに落ちていった。

トン

かろやかな着地だった。

目を開けたら、クラウンの部屋だった。いったい、このワープのしくみはどうなっているんだろう。

クラウンは、大きなタオルを持ってきて言った。

「体をふいたら、今日《きょう》はもう帰れ。いくら毛皮を着ても、ぬれた服のままでは、ここは寒すぎる」

「う、うん」

「わかった」

わたしたちは、タオルで体をふきながらこたえた。

「しかし、ワープを失敗《しっぱい》したのに助かるとはな。おまえたちは運がいい」

「クラウンは、ぼくたちがあそこにいること、どうしてわかったの？」

「あそこが、北極《ほっきょく》の海だったからだ」

「え、そうだったの？」

「ああ。ワープしそこねて、なぜあそこに行ってしまったのかは、なぞだがな。でも、だから助かった。北極《ほっきょく》のできごとは、もれなくおれにつたわるしくみになっているからな」

そのとき、だいじなことに気がついた。

「どうしよう。あの白い石、なくしちゃった」

海に落ちて、それっきりだった。

「ほんとだ。あの石がないと、もうここには来られないよ」

「心配するな。あの白い石は、おまえたちをこの部屋につれて来るための『はこびじ石』だ。おまえたちが、目的地《もくてきち》のここにとうちゃくした時点で、すでにいつもの白い木の根もとにもどっているはずだ」

「ほんと?」

「よかったぁ」

わたしとそうたくんは、チラッとだけ目を合わせて言った。まだほんの少し、気まずかったから。

「さあ、もう帰れ。そのままだとカゼをひく。話すことがあるんなら、もっと暑いところでやるんだな」

なにもかも、お見とおしみたいに、クラウンは言った。

「クラウン、助けにきてくれてありがとう」

「本当にありがとう」

おれいのことばをくりかえして、わたしたちは外に出た。

パタン
ドアをしめたしゅんかん、耳にとびこんできた音があった。

ミーンミンミンミンミーン
「あ、セミだ」

「ほんとだ。ぼく、この林で鳴いてるの、初《はじ》めて聞いた」

ぶじにいつもの世界にもどって来られたんだとわかって、体からスーッと力がぬけた。

ぬれた洋服のままでは、帰れない。わたしたちは、冷《ひ》えきった体をほうりだすようにして、いつものベンチにこしをかけた。

いたいほどてりつける日差《ひざ》しが、今は、かえって気持ちよかった。

「すごいね。Tシャツもスカートも、どんどんかわいていく」

「うん。やっぱり太陽の力ってすごいや」

そう言ってから、そうたくんは「ごめんね、ふたばちゃん」って、あやまった。

ひざの上の両手が、ギュッと強くにぎられていた。

「ぼく、わざととちゅうで、7の段《だん》を言うのをやめた。ちょっとだけ、こまらせようと思った……。それがあんなことになるなんて、本当にごめん。ごめんなさい！」

「ちがう！　悪いのは、わたしのほうだよ。最初《さいしょ》の原因《げんいん》を作ったのは、わたしだもん……」

「ボードゲームのこと？」

「うん。あのね……」

急いで、頭の中からことばをさがした。

「わたし、手を下ろしてあきらめちゃったそうたくんを見て、すごくモヤッとしたの。ロッキーとクラウンのことを仲間《なかま》だって言いきったそうたくんは、すごいと思ったから。だからね、すごいなって思ったそうたくんを見たあとだったから、よけいに……」

自分の気持ちをことばにするのって、むずかしい。ちょっと口をつぐみかけたら、そうたくんが言った。

「ぼく、にげたんじゃないよ」

きっぱりとした口調《くちょう》だった。

「ボードゲームはやりたかったよ。でもあのとき、ぼく、気がついたんだ」

「なにに？」

「ボードゲームをやるんなら、教室じゃなくて、学童に行ってからでいいじゃんって。そっちのほうが、時間がいっぱいあるし、にぎやかでいいじゃんって」

「え、そうなの？」

ちょっと考えた。時間がいっぱいあるのはわかるけど、わたし、学童クラブがにぎやかでいいなぁなんて、感じたことなんか、ない。

「ぼく、三年生の終わりに、あそこに通いはじめたころ、いつも不思議《ふしぎ》な感じがしてたんだ。学校でもないし、家でもない。それに、ちがう学年やちがうクラスのみんなが、ごちゃまぜになっている。ぼくがひとりっ子だからかなぁ。それがすごく不思議《ふしぎ》で、しんせんだった」

わたしは大きく、いきをはいた。

「そうたくん、ひとりっ子だったんだ」

「うん」

そうたくんはポンとはずむように、ベンチから立ちあがった。

「学童のみんなって、クラスメイトでもないし、兄弟でもないでしょ。じゃあ、いったいなんだろうって考えたら……一番ぴったりするのは『仲間《なかま》』なんだよね」

ハッとして、そうたくんを見た。

「それって……」

だからあのとき、クラウンにむかってスッとそのことばが言えたんだ。

「そうたくん、ごめん。にげたなんて言って、ごめんなさい」

「ううん。ぼくのほうこそ、おせっかいとか、えっと……ズケズケ言いすぎるとか言って、ごめんなさい！」

そうたくんは、せなかをキュッとまるめて、はずかしそうにした。

「いいよいいよ。ズケズケ言いすぎてるのは、自分でもわかってるから」

わたしは大きな口を開けて、「アハハッ」と笑《わら》ってみせた。

洋服は、ほとんどかわきかけていた。

「そろそろ帰ろうか」

「うん」

わかれぎわに、そうたくんに聞いた。

「夏休み中も、毎日、学童に来る？」

「うん。お母さん、毎日仕事だからね」

ちょっとうれしかった。

「あーあ、夏休み中もずっと仲間《なかま》といっしょか。ちょっとあきちゃったなぁ」

「だね」

そうたくんはフフッといたずらっぽく笑《わら》って、わたしを見た。

7　クラウンのいかり

次の土曜日。

「なかなおり、したようだな」

部屋に入るとすぐ、クラウンが小さくつぶやいたけど、聞こえないふりをした。

「はぁ。ここはほんと、すずしくていいな」

Tシャツをパタパタさせて冷《つめ》たい空気を送っていると、すぐに毛皮をつきつけられた。

「早く着ろ。すずしくて気持ちいいのは、いっしゅんだ」

「はーい」

そうこたえながら思った。命令《めいれい》されるのって、きらい。でも、なんでかな。クラウンから言われるのは、ちっともいやじゃない。

見ると、すでに毛皮を着こんだそうたくんが、リュックからノートとえんぴつを出していた。

「ぼく、クラウンにいろいろ聞きたいことがあるんだけど、いいかな」

「なんだ？」

「先週、ぼくたちが落ちちゃった北極《ほっきょく》の海は、ほとんど氷がなかったよね。北極《ほっきょく》の夏って、いつもそうなの？」

「いや、夏でも完全にとけてしまうことはない。いくらかは、残《のこ》る。しかし、その量《りょう》はどんどんへってきている」

声をつまらせるように言ってから、「なんで、そんなことを聞く？」と、
クラウンはそうたくんを見た。

「ぼく、北極《ほっきょく》の温暖化《おんだんか》について調べて、夏休みの自由研究にしようと思ってるんだ。ちゃんとやれるかどうかは、まだ自信《じしん》がないんだけど……」

ピクッと体を動かしたクラウンは、「自由研究とは、いいことばだな」と言った。

「そう？　わたし、聞いただけで頭がいたくなる」

「好《す》きなことを、自由に研究していいんだろ。ワクワクするじゃないか」

クラウンが言うのを聞いて、目をパチパチさせたそうたくんは、ちょっとこうふんしたように言った。

「ぼく、なんかすごく、やる気が出てきた！」

うわーやだやだ。わたしにはついていけないや。

「ふたばちゃんは自由研究と工作、どっちにするの？」

「工作に決まってるでしょ」

わたしはまた、白いおり紙でツルをおりはじめた。自分の手の中で、新しい形ができあがっていくのは楽しい。

そうたくんの質問《しつもん》にこたえているクラウンは、ときどき首をのばすようにして、わたしのほうものぞきこんだ。

「ふたばは、紙をおるのが早いな」

そして白いツルがおりあがるたび、クラウンはブフォッと、うれしそうな鼻いきをもらした。

八月に入るとわたしたちは、二週続《つづ》けてクラウンの部屋に行けなくなった。最初《さいしょ》の週末《しゅうまつ》は、うちんちが三ぱく四日の旅行に行ったからで、その次の週末《しゅうまつ》は、そうたくんちがおばあちゃんの家に遊びに行ったからだ。

夏休みもあと一週間とちょっとだけになった八月の後半。わたしたちはやっと、クラウンの部屋に行くことができた。

トントントン

「……どうぞ」

返事が返ってくるのに、ちょっとの間があった。ドアを開けたら、いつもはすぐ目の前に立っているクラウンが、いなかった。

「クラウン?」

ドアからずっとはなれたかべぎわに、うずくまっているすがたが見えた。

「どうしたの？」

「よるなっ」

太い声でさけばれて、わたしたちはビクッと足を止めた。

せなかが、こきざみにブルブルとふるえている。

「悪いが、今日《きょう》は帰ってくれ」

「え、でも……」

なんだかとても、くるしそうだ。手をのばしかけたら、ブルンと強い力で
その手をはらわれた。

「よるんじゃない。今のおれは、人間になにをするかわからない」

「そんな……なにがあったの？」

「おれが育った氷河《ひょうが》が、くずれた」

「え？」

わたしとそうたくんは、顔を見あわせた。

「暑さで、とけてくずれてしまったんだ」

ハッとして聞いた。

「じゃあ、ロッキーは？　だいじょうぶなの？」

「……わからん」

声がふるえていた。泣《な》いているんだってわかった。

「おまえたちのせいじゃないのはわかっている。でも今のおれは、このいかりをおさえることができない。帰れ、帰ってくれっ」

「クラウン……」

また手をのばそうとしたら、後ろからそのうでをつかまれた。

「帰ろう、ふたばちゃん」

そうたくんに引っぱられるようにして、わたしたちは部屋から出た。

ミーンミンミンミンミーン
セミが、うるさいくらいに鳴いていた。

「たいへんなことに、なったね」

「うん……」

「ロッキー、ぶじだといいね」

「うん」

わたしはただ、「うん」しか言えなかった。

雨みたいにふってくるセミの鳴き声の下で、じっとしたままでいたら、またそうたくんが言った。

「ねえ、ふたばちゃん。クラウンは最初《さいしょ》に会った日、自分のことを『最後《さいご》の一頭』になった気持ちをそうぞうしているシロクマだって言ったじゃない」

「ああ……うん」

「ぼく、ずっと考えてたんだ。それって、どういうことなんだろう。そうぞうしたって、どうにもならないんじゃないかなぁって」

わたしは、ちゃんと考えたことなんてなかった。でもたしかあのあとクラウンが、「なんの心がまえもないままぜつめつするなんて、おそろしすぎるからな」って言ったことはおぼえている。

「この前ぼくね、おばあちゃんちに行ったとき、おぼんのお墓《はか》まいりに行ったんだ。そのとき、お墓《はか》の前で手を合わせておいのりをしている人を見てね、そうかって思ったんだ」

顔を上げて、そうたくんを見た。

「もしかしたらクラウンは、あの部屋の中で、おいのりをしているんじゃないだろうかって」

「おいのり……」

そうかもしれない。ひとりっきりで、白いもののしりとりをしたり、雪玉を作ったり、白いツルをおったりしながら、クラウンはいのりつづけていたんだ。どうか、北極《ほっきょく》の氷がとけてしまいませんように……。どうか、シロクマがぜつめつしてしまいませんように……。

むねがキューーッと悲しくなって、でもその次に（ちがうじゃん！）って気持ちになった。

「でもさ、なにかしなきゃいけないのは、シロクマじゃないよね」

わたしのことばに、そうたくんはうなずきながら「うん」と言った。

おさえられないいかりで、ブルブル体をふるわせていたクラウンはこわかった。だけどわたしには、仲間《なかま》のことを思って、悲しんでいる人間みたいに見えた。

悲しんでいる人を、ほうってはおけない。

（どうしたらいい？　なにをしたら……）

頭の中で、そのことだけを考えた。

月曜日の朝、学童クラブに行ったら、そうたくんはいっしょうけんめいつくえにむかっていた。チラッとのぞいたら、やっていたのは自由研究だった。

「どんな感じ？」

「うん。だいたいできあがったから、明日《あした》からもぞう紙に書くつもり。グラフとか書かなきゃいけないから、時間がかかりそうだけどね。がんばる」

「がんばる」ってことばに、力がこもっていた。そうたくんも、クラウンのためになにかをしないではいられないんだ。

わたしにはいったい、なにができるんだろう。

そのとき、足音が聞こえてふりむいたら、ちょっとしょんぼりした顔のたかやくんが立っていた。

「どうしたの、たかやくん？」

「やりたいのに、だれもつきあってくれないんだ」

手に、オセロの箱を持っていた。

「そうたくんをさそったんだけど、あとでねって言われちゃった。だいちゃんは今日《きょう》、休みだし……」

たかやくんの顔が、「助けて」って言っていた。

「いいよ、やろう」

わたしが言うと、たかやくんはうれしそうにすわって、オセロのじゅんびを始めた。

「たかやくん、白と黒、どっちがいい？」

「ぼく、黒がいい」

「じゃあ、わたしが白ね」

ひさしぶりのオセロだった。いつもそうたくんとやっているだけあって、たかやくんは二年生でもけっこう強い。

負けたらちょっと、はずかしいぞ。わたしはいっしょうけんめい考えながら、白の石を置《お》いていった。

(よし、角《かど》がとれた!)

心の中でガッツポーズをしながら、パタンパタンと黒の石を白にひっくり返していたとき、フッと思った。

白がどんどんふえていく……。

そうか、これだ!

8　ふえていく白

その日、ママが学童クラブにむかえにきたとき、すぐに聞いた。

「家に、使っていいダンボール箱ってある？」

「あるわよ、物置《ものおき》にいくつか入ってる。あ！　ふたばったら、やっと夏休みの工作、なにを作るか決まったのね」

ホッとしたような声だった。

ママ、ごめん。今は、夏休みの工作なんて、やっているひまはないんだ。

家に着くと、すぐに物置《ものおき》にかけこんだ。そして使えそうなダンボール箱を選《えら》ぶと、自分の部屋に持っていって、じゅんびを始めた。

「あちゃー、白がたりない！」

必要《ひつよう》な絵の具は白と黒。黒はまだいっぱい残《のこ》っているけど、白のチューブはぺったんこだった。

「ママ、おねがいっ。明日《あした》、お仕事の帰りに、白の絵の具を買ってきてくれないかな？」

「うん、わかった。もうあまり、時間がないもんね」

ママは、はりきった声でこたえた。


その日の夜から、すぐに作りはじめた。

学童クラブにあるオセロの石の大きさは、直径《ちょっけい》が三センチ五ミリだった。

でもそれじゃあ、小さすぎる。

わたしはコンパスを使って、ダンボール箱から切りとった板に、直径《ちょっけい》七センチの円をどんどん書いていった。円の数は、全部で六十四こ。書きおわると、家にある一番大きなハサミで、その円をひとつずつ切りとっていった。六十四こ全部を切りとるのに、夜の十時半までかかった。

二日目からは、色ぬりだ。最初《さいしょ》に、切りとった六十四このかた方の面に、絵の具で黒くぬっていった。

「わーっ、黒いマルがいっぱいで、気持ちわるっ」

ゆかにしいた新聞紙の上にならべた黒い円を見て、妹のみずはがギャーギャーさわぎだした。みずはは、小さなブツブツの集合体《しゅうごうたい》に弱い。

「ほらほら、気持ち悪いでしょー。あっち、いってな」

かえってじゃまされなくて、助かった。

だけどぬりながら、ちょっと気になった。

氷や雪でぬれちゃったら、この色、落ちちゃわないかな?

夕ごはんのときに、聞いてみた。

「今、ダンボールに絵の具で色をぬっているんだけど。ちょっと水がついちゃったりしても、色が落ちないようにできる?」

パパがおはしを止めて、考えるしぐさをした。

「ニスをぬってみたら、いいかもな」

「ニス?」

「使うんなら、前に買っておいたのがあるぞ。水性《すいせい》ニスだから使いやすいし、やってみるか?」

「うん！」

やったー。

ママもパパも、なんて協力的《きょうりょくてき》なんだろう。

三日目は、黒くぬりおわった反対の面を、白くぬっていった。ゆかの上にどんどん白いものがふえていくのを見ながら、何度もクラウンのことを考えた。

四日目は、ニスぬりだ。両面にぬったから、ちょっと時間はかかったけど、表面にツヤが出ていい感じになった。

そして五日目の金曜日。大きなダンボール箱から、一辺《ぺん》が六十センチの正方形を切りとって、黒のマジックでマス目を書いた。マス目の数は、たて横八こずつ。そしてこれにも、最後《さいご》にニスをぬっておいた。

よし、できたっ。

明日《あした》は、クラウンの部屋に行く。

白黒にぬった六十四こは、リュックに入った。でも、一辺《ぺん》が六十センチの正方形のほうは入らないので、青いゴミぶくろに入れて手に持った。

「それ、なに？」

もみじ山図書館に行ったら、青いゴミぶくろを指さして、そうたくんが聞いてきた。

わたしは、わけを説明《せつめい》した。

「へえ、すごい。それで一週間かけて作ったんだ。やるなぁ、ふたばちゃん」

すぐにブルンブルンと首をふった。

「そうたくんのほうが、だんぜんすごいよ。わたしがクラウンのためになにかしたいって思ったのは、北極《ほっきょく》のことを自由研究にした、そうたくんを見ていたからだもん」

ほめられるといつもはずかしそうにするそうたくんが、キュッと引きしまった顔になった。

「今回ぼくがやったのは、本とかインターネットで調べたことを、まとめて書いただけ。だけどね、やっているうちに思ったんだ。おとなになったら、ちゃんと観察《かんさつ》したり実験《じっけん》したりして、自分の手で地球の自然《しぜん》を守るようなことと、やってみたいなって」

大切ななにかを、うちあけるみたいな言いかただった。

「うわぁ、いいね。そうたくんなら、ぜったいやれる気がする」

「へへ。じゃあ行こうか。ふたばちゃんが作ったもの、早くクラウンに見せたいもんね」

そうたくんは、先に立って歩きだした。

ドアの前まで来ると、そうたくんは、ちょっと不安《ふあん》そうにふりむいた。

「今日《きょう》は、入れてくれる、よね？」

「う、うん……」

トントントン
また、ほんの少しの間があった。

「どうぞ」

おそるおそるドアを開けると、ゆっくりイスから立ちあがっているクラウンが見えた。

「……この前は、すまなかった」

えんりょがちな声で言って、なかなかわたしたちに近づいてはこない。

「ふたりとも、もう来ないんじゃないかと思っていた。本当に、だいじょうぶなのか？」

「だいじょうぶって、なにが？」

わたしが聞くと、クラウンはちょっとバツが悪そうに、前足で首の後ろをポリポリとかいた。

「その……こわくないのか？　この前おれが、あんなところを見せてしまったもんだから……」

大きな白い体が、モジモジして見えた。

そうたくんを見ると、すぐにうなずいた。わたしは大声でさけんだ。

「せーの！」

ふたり同時にダッシュしていって、クラウンの前で思いっきりジャンプした。

バフッ
バフッ
毛むくじゃらの広いむねにしがみついて、言った。

「こわいわけ、ないじゃんっ」

「そうだよ。会いたかったよ！」

小さな目が、少しずつ赤くなっていく。

「お、おまえたちってやつは……」

クラウンは、わたしたちをだきしめた二本の前足に、ギュッと力をこめた。

「本当に、やせっぽちだな。ふたり合わせて、やっとアザラシ一頭分あるかないかの重さじゃないか」

しがみついたむねから聞こえてきたのは、太くて低《ひく》くて、とってもやさしい声だった。


「実は先週のあのあと、北極《ほっきょく》について、さらに新しいことがわかったんだ」

いつものホットレモネードを飲みながら、わたしたちはクラウンの話を聞いていた。

「おれが育った氷河《ひょうが》は、全部が全部、だめになったわけではなかった。まだいくらか、とけてくずれずに残《のこ》っていることがわかった。だからおれは、仲《なか》間《ま》たちをさがすため、北極《ほっきょく》に帰ることに決めた」

そうたくんとわたしは、顔を見あわせてよろこんだ。

「よかったぁ。うん、ロッキーと会えたらいいね。ぼく、いのっている」

「わたしも。それで、どのくらいで帰ってくるの？」

クラウンは、しばらくだまったままだった。

「帰ってくるんでしょ？」

「いや、もうここへは帰らない」

「どうして？」

「この部屋は、消えてなくなる」

「どうして？　だってこの前、北極《ほっきょく》の海にまぎれこんだぼくたちを助けてくれたあと、すぐにワープしてここにもどってきたじゃない。あのときみたいに、ここと北極《ほっきょく》を行ったり来たりすればいいんじゃないの？」

そうたくんのことばに、クラウンはきっぱり、首をふってみせた。

「前にも言ったろう。ここは地球のポケットみたいな場所で、しかも日本からワープしやすいように作られている。この前はうまくいったが、北極用《ほっきょくよう》にはできていないんだ。それにおれは、ワープ酔《よ》いがひどい」

「ワープ酔《よ》い？」

「人間で言えば、車に乗って気持ち悪くなるようなもんだ。シロクマが車酔《くるまよ》いだなんて、さまにならん」

そう言うとクラウンは、「もうこの話は終わりだ」というように、パフッと口をとじた。

部屋の中は、空気の流れが止まったみたいにしずかになった。

「わたし、クラウンにあげたいものがある」

スッと、勢《いきお》いよく立ちあがった。

さびしい気持ちや、泣《な》きたい気持ち、わがままを言いたい気持ちは飲みこんだ。

「たぶんね、クラウンは気に入ると思うんだ……」

ああ、声がちょっとふるえちゃう。

わたしは、つくえの上に、作ってきたものを広げていった。

一辺《ぺん》が六十センチの正方形、白黒にぬった六十四この円。

「初《はじ》めて、見るものだ」

クラウンは、不思議《ふしぎ》そうに首をかしげた。

「これはね、オセロっていうゲームなの。ダンボールの紙で作ってあるけど、この白黒のやつは、石って言うの。クラウンがツメでひっくり返しやすいように、ほら、本物よりちょっと大きめに作ったんだよ」

わたしは手早く、六十四この石を半分に分けていった。

「紙なのに、テカテカ光っているな」

「うん。少しくらい水にぬれてもだいじょうぶなように、ニスっていうのをぬったんだ」

「ほう」

そうたくんが言った。

「クラウンが好《す》きなおり紙と同じで、これを考えたのも日本人なんだよ」

「そうなのか？」

クラウンが、いっそうしんけんな顔になった。

オセロをのせたつくえに、クラウンとそうたくんを、むかいあわせにすわらせた。

「説明《せつめい》するよ。これはふたりでやるゲームで、白い石と黒い石でたたかいます。ルールはかんたん。自分の色の石で相手の石をはさむと、はさまれた石をひっくり返して自分の色にできるの。はさみかたは、たて・横・ななめのどれでもいいんだよ」

クラウンはコクリとうなずいた。

「はさんで、ひっくり返せばいいんだな？」

やる気まんまん、という表情《ひょうじょう》だ。

「クラウンは、白い石がいいよね？」

「もちろんだ」

「じゃあ、まん中に白と黒、それぞれ二こずつ置《お》いたらスタートだよ」

「うん。じゃあ、黒のぼくからいくよ」

そう言ってそうたくんは、白い石のとなりに黒をポンと置《お》いた。はさまれた白が、クルンと黒にひっくり返されると、クラウンは「ウウッ」と低《ひく》い声をもらした。

次はクラウンの番だ。少し考えるようにしてから、黒のとなりに白を置《お》くと、うれしそうにはさまれた黒をひっくり返して白にした。これで黒も白も、同じく三こずつになった。

でも次にそうたくんが黒を置《お》くと、たてとななめに白をはさんだから、二この白が黒に変《か》わって、黒が六こ、白はたったの一こになった。

でもクラウンは、落ちついていた。だまったままで白を置《お》き、二この黒を白にひっくり返してみせた。

「なるほどな」

そう低《ひく》くつぶやいた声を聞いて、クラウンは、すでにこのゲームをちゃんと理解《りかい》しているってことがわかった。

オセロをやっているのを見ながら、思った。

クラウン、がんばってロッキーをさがしてね。わたし、ロッキーは生きていて、クラウンが来るのを待っているような気がするんだ。もしかしたらロッキーだけじゃなく、ほかのシロクマの仲間《なかま》たちも。

わたしもがんばる。そうたくんみたいに、わたしも必《かなら》ず、やりたいことを見つける。いつになるかはわからないけど、そのやりたいことが、白がどんどんふえていくことにつながったらいいなって思っているんだ。

なみだで、目の前がにじんでいく。

クラウンの顔も、そうたくんの顔も……。

あわててなみだをぬぐったら、目の前のオセロの板には、いつの間にか、たくさんの白い石がならんでいた。

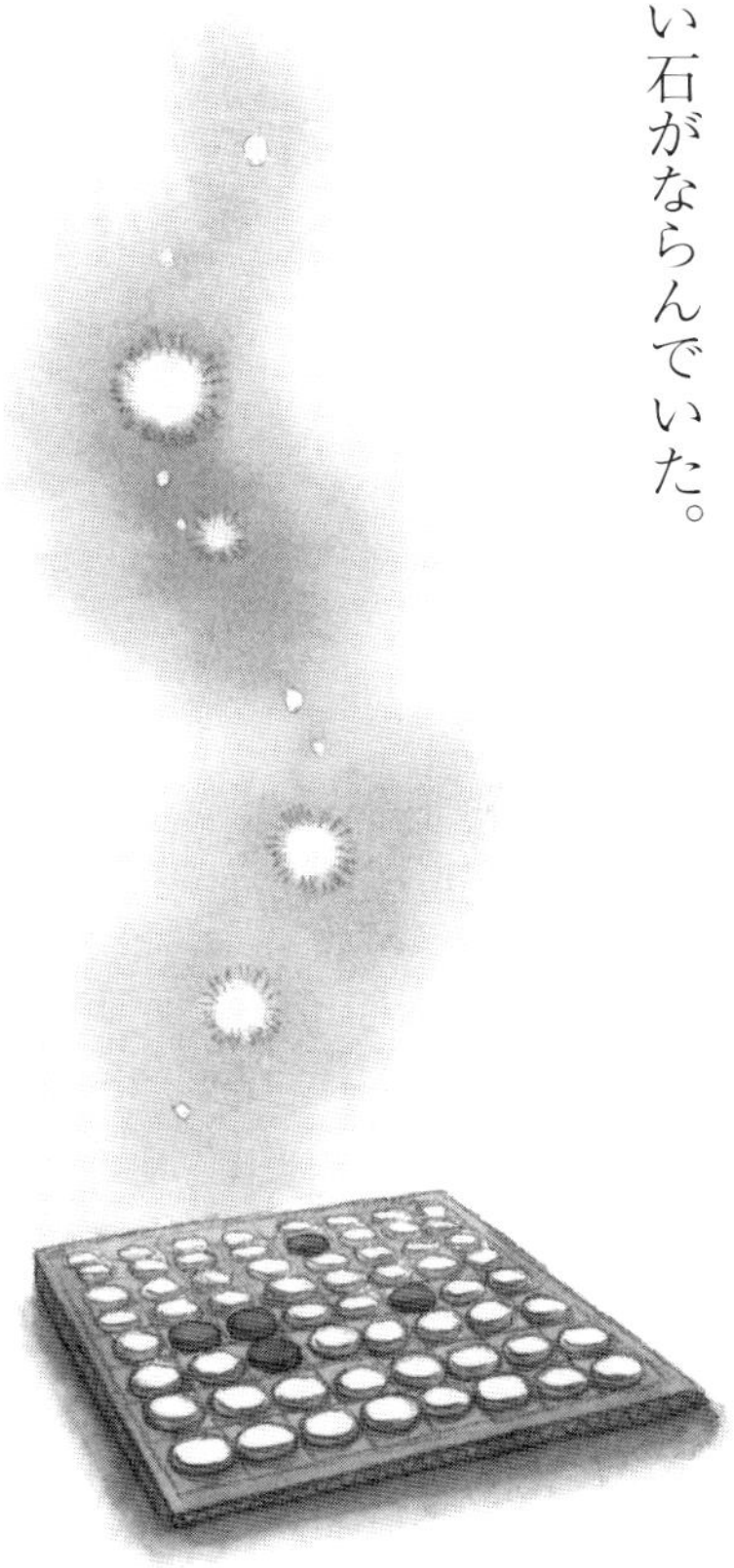

作●**蓼内明子**（たてない あきこ）
青森県生まれ。第1回フレーベル館ものがたり新人賞大賞を受賞し、2018年『右手にミミズク』（フレーベル館）でデビュー。『きつねの時間』（フレーベル館）で日本児童文芸家協会主催第18回創作コンクールつばさ賞〈読み物部門〉優秀賞受賞。ほかの作品に『魔女ラグになれた夏』（PHP研究所）、『ブレーメン通りのふたご』（フレーベル館）、『金曜日のヤマアラシ』（アリス館）がある。児童文学同人誌「ももたろう」同人。

絵●**しろさめ**
東京都生まれ。イラストレーター。武蔵野美術大学で油絵を学ぶ。水彩絵の具を用いて、優しく柔らかな世界を表現している。動物や人物は繊細でありながら生き生きと描かれ、温もりあふれる作品が特徴。ホッキョクグマが好き。いつか北極に行くのが夢。
著書に『やさしいしろくま』（KADOKAWA）、『しろくまにっき』（西東社）、読み物のイラストに『葉っぱにのって』（濱野京子・作、金の星社）などがある。

装丁／ＤＯＭＤＯＭ
編集協力／志村由紀枝

最後《さいご》のシロクマ

作●蓼内明子　絵●しろさめ

初版発行—2025年1月

発行所—株式会社金の星社
〒111-0056 東京都台東区小島1-4-3
電話 03(3861)1861　FAX.03(3861)1507
ホームページ https://www.kinnohoshi.co.jp
振替 00100-0-64678

印刷——株式会社広済堂ネクスト
製本——牧製本印刷株式会社

NDC913　ISBN978-4-323-07564-8　143P　19.5cm